AF234065

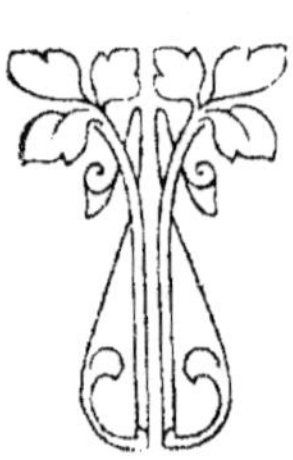

C. CHAFFOUR, Impr.
6-8, rue Milton, Paris

VENTE

du Lundi 5 Février 1912

HOTEL DROUOT — SALLE N° 11

A DEUX HEURES

OBJETS D'ART

ET

d'AMEUBLEMENT

ANCIENS & DE STYLES

Sculptures, Céramique, Orfèvrerie

Gravures. Tableaux

Fourrures, Manteaux, Livres

TAPIS ANCIENS D'ORIENT

Étoffes brodées

Me Gaston FRANÇOIS	**M. Arthur BLOCHE**
COMMISSAIRE-PRISEUR	EXPERT PRÈS LA COUR D'APPEL
23, Rue Le Peletier	21, Boulevard Haussmann

CHEZ LESQUELS SE DISTRIBUE LE PRÉSENT CATALOGUE

EXPOSITION PUBLIQUE

Le Dimanche 4 Février 1912, de 2 heures à 5 h. 1/2

CONDITIONS DE LA VENTE

La vente sera faite expressément au comptant.

Les acquéreurs paieront *dix pour cent* en sus des enchères.

L'exposition mettant le public à même de se rendre compte de la nature et de l'état des objets, aucune réclamation ne sera admise une fois l'adjudication prononcée.

DÉSIGNATION

MEUBLES

1 — Meuble de salon style Louis XVI, composé
d'un canapé et deux fauteuils en bois sculpté.
couvert en toile de Jouy.

2 — Mobilier de salle à manger en noyer ciré
sculpté, de style Renaissance, composé d'un
buffet à trois corps, une grande table à six
allonges et douze chaises couvertes en cuir.

3 — Glace de salle à manger avec cadre en noyer
sculpté, de style Renaissance.

4 — Grand coffre de style Renaissance en bois
sculpté.

5 — Buffet à deux corps en bois de placage.

6 — Secrétaire à abattant en acajou.

7 — Table-bureau en bois noirci à deux tiroirs.

8 — Bibliothèque en bois peint.

9 — Petit pupitre à musique.

10 — Table rognon en acajou.

11 — Buffet à dessus de marbre.

12 — Bureau plat en chêne.

13 — Bibliothèque à deux corps en chêne, contenant un coffre fort dans le corps du bas.

14 — Deux chaises garnies de cuir.

15 — Fauteuil de bureau bois noir.

16 — Cartonnier en noyer.

17 à 20 — Guéridon, commode, table à thé, fauteuils et sièges divers. (Sera divisé.)

21 — Toilette Premier Empire ornée d'une glace.

22 — Chiffonnier style Premier Empire en acajou orné de bronze et motifs à têtes de femmes.

23 — Table à bouillote, style Louis XVI.

24 — Table à bouillote en noyer.

25 — Table à bouillote en acajou.

26 — Petite vitrine, style Anglais.

27 — Lavabo à dessus de marbre.

28 — Table et buffet de cuisine.

29 — Panetière en bois sculpté.

30 — Petit panneau en bois sculpté, travail italien, représent : « Le Christ en croix et les saintes femmes ».

31-32 — Deux jardinières, en bois sculpté et laqué de style Louis XV, offrant des parties cannées.

33 — Glace trumeau de style Louis XVI, en bois sculpté.

34-39 — Meubles courants : lits et literie, deux commodes, tables de nuit, toilette, armoire à portes pleines, buffet et table de cuisine, etc. (Sera divisé).

40 — Petit pupitre orné de marqueterie de cuivre.

41 — Grande glace, avec cadre recouvert d'étoffe.

42-44 — Meubles de styles Louis XV et Louis XVI.

OBJETS D'ART ET DE VITRINE

45 — Écrin contenant, un service à découper, un service à salade et un service à hors-d'œuvres en métal argenté.

46 — Seau à eau bénite en métal argenté.

47 — Christ en ivoire dans son cadre en bois sculpté.

48 — Garniture de cheminée en bronze de style Renaissance.

49 — Grande pendule en marbre, surmontée d'un sujet en bronze « La Diane », de GABI, et deux candélabres marbre et bronze.

50 — Lustre hollandais en cuivre poli.

51 — Groupe en bronze signé MOREAU.

52 — Six couteaux de table manches ivoire.

53 — Six couteaux à dessert manches ivoire.

54 — Douze couteaux à dessert manches corne.

55 — Coupe en bronze, signée PICAULT.

56 — Petite pendule Empire en bronze patiné, ornée de motifs en relief en bronze doré.

57-58 — Deux fusils marocains, ornés d'incrustations.

59 — Deux vases en émail cloisonné, décor polychrome.

60 — Petite statue en pierre, provenant de fouilles d'Anatolie.

61 — Petite coupe en porcelaine d'Allemagne, à décor de fleurs.

62 — Deux potiches à couvercles en porcelaine de Chine, décor bleu, d'oiseaux et de fleurs.

63 — Album japonais pour photographies.

64 — Huit estampes japonaises en couleur. (Sera divisé).

65 — Statuette en marbre blanc représentant : « Rêverie ».

66 — Buste en marbre : « Diane » d'après Hou-
DON, grandeur nature.

67 — Petit buste d'enfant en marbre : « L'Attente ».

68 — Paire de supports d'applique bois doré.

69 — Deux plateaux cuivre rouge à jour.

70 — Plateau cuivre rouge ancien, travail d'O-
rient.

71 à 75 — Lot d'armes diverses. (Sera divisé.)

76 — Lot de pierres dures.

77-78 — Deux tables-supports moucharabi ornéss
d'incrustations de nacre, travail syrien.

79-80 — Deux étagères incrustées de nacre, travail de Constantinople.

81 — Deux vases en bronze et émail cloisonné
de Chine.

82 — Deux candélabres en marbre montés en
bronze doré à bouquets de fleurs, pour l'élec-
tricité.

83 — Buste en bronze : Parisienne, de MADRASSI.

84 — Buste en bronze : Sourire, de MADRASSI.

85 — Bicyclette d'homme.

86 — Bicyclette de dame,

87 — Machine à coudre « Sterling ».

88 — Service de chasse, deux pièces, manches en agate, dans une gaîne.

89 — Douze fourchettes manches argentés.

90 — Hache en fer damasquiné d'Orient.

91 — Hache en fer gravé d'Orient.

92 — Grande aiguière en grès de Flandre, décor en relief à armoirie.

93 — Deux jardinières faïence bleue ajourée d'Orléans.

94 — Suspension en bronze à huit lumières.

95 — Objets divers de vitrine.

96 — Deux potiches japonaises polychrome.

97 — Deux supports de lampe en bronze.

84 — Buste en bronze : Sourire, de Madrassi.

85 — Bicyclette d'homme.

86 — Bicyclette de dame,

87 — Machine à coudre « Sterling ».

88 — Service de chasse, deux pièces, manches en agate, dans une gaîne.

89 — Douze fourchettes manches argentés.

90 — Hache en fer damasquiné d'Orient.

91 — Hache en fer gravé d'Orient.

92 — Grande aiguière en grès de Flandre, décor en relief à armoirie.

93 — Deux jardinières faïence bleue ajourée d'Orléans.

94 — Suspension en bronze à huit lumières.

95 — Objets divers de vitrine.

96 — Deux potiches japonaises polychrome.

97 — Deux supports de lampe en bronze.

98 — Cinq petits pots japonais.

99 — Broche en ivoire.

100 — Porte-plume et porte-crayon en métal.

LIVRES

101 — Un volume relié : « Les Médaillons de David d'Angers ».

102 — Environ 3oo volumes divers : Romans, livres de science et de littérature, dictionnaires, journaux illustrés, etc. (Sera divisé.)

MANTEAUX, FOURRURES

103 — Sortie de bal en soie rose doublée de mongolie blanche.

104 — Pèlerine en peluche noire garnie de castor marron et de passemenierie.

105 — Manchon en astrakan.

106 — Manchon en loutre.

107 — Manchon en Hudson.

108 — Manchon en skungs

109 — Pelisse d'homme en drap noir, doublée de caracul, avec col d'astrakan.

110 à 114 — Cinq manchons en renard sika noir.

115-116 — Deux étoles formées de deux renards sika noir.

TABLEAUX — GRAVURES

117 — BELOU. Scène d'intérieur. Dessin.

118 — BOILLY (D'après). Poussez ferme. Gravure en couleur.

119 — DELPY (H.-C.). Vue de Bois-le-Roi. Signé au dos.

120 — DELPY (H.-C.). Paysage. Aquarelle.

121 — DELPY (H.-C.). Paysage. Aquarelle.

122 — GAINSBOROUGH. (D'après). Eldest Princesses. Gaavure en couleur.

123 -- La Grande parade. Gravure.

124 — L'Epouse indiscrète. Gravure en couleur.

125 — La Femme au manchon. Gravure en couleur.

126 — JONGKIND (Attribué à). Le Moulin.

127 — HENNER (Genre de). L'Ensommeillée. Femme nue étendue sur une peau d'ours.

128 — LIVESAY (D'après). Cottage Spinster. Gravure en couleur.

129 — MESSAGER (L.). La Belle aux cheveux d'or.

130 — MESSAGER (L.). La Salomé.

131 — MESSAGER. Pâturage.

132 — MONTICELLI (Attribué à). Femmes sous bois.

133 — REMBRANDT. (École de). La Collation. Dessin à la plume.

134 — REYNOLDS (D'après). The honorable miss Monckton. Gravure en couleur.

135 — REYNOLDS (D'après sir Joshua). Gravure en couleur.

136 — VAUTIERS. Vue de Constantinople.

137 — STÉVENS (Alfred). Baigneurs au Tréport.

138 — ECOLE ANCIENNE. La Vierge.

139 — ÉCOLE ANCIENNE. Fruits.

140 — ÉCOLE HOLLANDAISE. Cavaliers.

141 — ECOLE MODERNE. Neuf dessins et peintures dans un cadre en bois sculpté.

142 — ECOLE MODERNE. Baigneuse.

143 — ECOLE MODERNE. Tête de femme rèveuse.

144 — ECOLE MODERNE. Paysage.

145 — ECOLE PRIMITIVE. La Vierge noire, peinture sur bois rehaussé d'or.

146-147 — Deux albums de croquis.

148 — Tableaux non catalogués.

TAPIS. ÉTOFFES

149 — Grand tapis de Smyrne à médaillon bleu et rouge, bordure polychrome.

150 — Tapis de galerie Tchauch agan à fleurs rouges.

151 — Tapis de galerie persan Karadja différents médaillons à dessins polychromes.

152 — Petit tapis Karabage, décor foncé.

153 — Petit tapis Chervan, à palmes de couleur.

154 — Petit tapis indien à grande fleurs jaunes et rouges.

155 — Carpette bleu foncé.

156 — Trois coussins tapis Chervan.

157 — Grand coussin avec oiseaux brodés d'or.

158 — Couvre lit soie brodée d'or.

159 — Portière brodée d'or et d'argent.

160 — Dessus de piano brodé d'or et d'argent.

161 — Milieu de table carré brodé d'or.

162 — Grand tapis de Smyrne fond rouge polychrome.

163 — Grand tapis Smyrne fond rouge à fleurs.

164 — Tapis ancien d'Aghestan, fond rose.

165 — Tapis d'Anatolie, fond jaune, dessin archaïque.

166 — Tapis de galerie ancien d'Aghestan, fond rouge, médaillons et bordure bleu et blanc.

167 — Tapis ancien double face.

168 — Petit tapis de Boukara fond rouge.

169 — Tapis ancien Goerdès fond rouge, dessin polychrome.

170 — Tapis d'Anatolie, dessin archaïque multicolore.

171 — Petit tapis de prière Persan, fond rouge.

172 — Tapis ancien de Perse fond jaune.

173 — Petit tapis de prière, fond bleu.

174 — Tapis Chiraz, fond bleu, bordure blanche.

175 — Tapis Kazach, ancien fond jaune.

176 — Tapis de prière, ancien de Perse, fond rouge.

177 — Grand tapis à fond crême, fleurs polychromes.

178 — Petit tapis de prière à fond rouge, bordure et dessins polychromes.

177 — Tapis de galerie à médaillon central, orné de bordure et dessins polychromes (restauré).

180 — Tapis persan de galerie, à médaillon central blanc, fond et bordure rouge, dessins polychromes. $1^m40 \times 3^m30$.

181 — Panneau en satin crême, brodé de Chine.

182 — Grand bandeau en velours de Scutari ancien, dessin à ramages rouges.

183 — Grand bandeau en velours de Scutari ancien, orné de rinceaux et fleurs rouges.

184 — Petit coussin en ancienne broderie de Rhodes.

185 — Plusieurs coussins de fantaisie.

186 — Dessus de lit composé de carré de filet et de broderie.

187 — Deux bandeaux en filet et broderie. (Sera divisé).

188 — Quatre bandeaux en filet. (Sera divisé).

189 — Trois morceaux de tapisserie de Neuilly, formant la garniture d'un fauteuil.

190 — Châle en cachemire de l'Inde, à dessins multicolores sur fond rouge.

191 — Châle en cachemire de l'Inde, à dessins polychromes sur fond blanc.

192 — Châle de l'Inde, dessins polychromes.

193 — Couvre lit en satin bleu brodé d'or, ancien travail de Chine.

194 — Ancien tapis de prière brodé de soie, polychrome, travail turc.

195 — Turban de rajah, fond bleu brode d'or,
ancien travail de l'Inde.

196 — Lot d'étoffes et broderies anciennes et
modernes. (Sera divisé).

197 — Objets omis.

RED. :

16

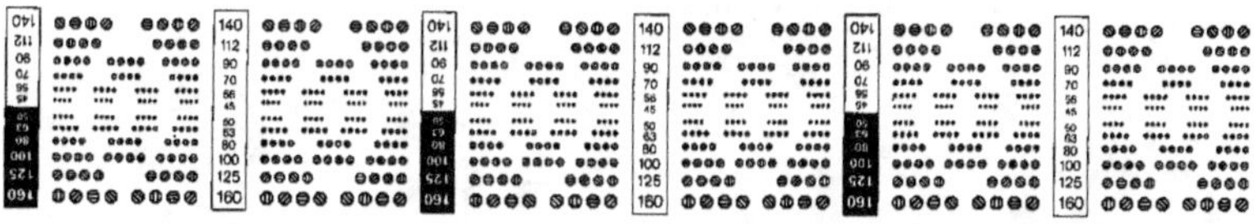

0 1 2 3 4 5 6 7 8 9 10

BIBLIOTHEQUE NATIONALE DE FRANCE

****

CHATEAU DE SABLE

1996